d

Hartmut Lange

Der Lichthof

NOVELLEN

Diogenes

Covermotiv: Gemälde von Edvard Munch,
›Weinendes Mädchen‹, 1907
The Munch Museum, Oslo

www.diogenes.ch
30/20/852/1
ISBN 978 3 257 07095 8

Ich danke Ulrike für ihre Mitarbeit

Inhalt

Der Lichthof

Dennis ist schon wieder verreist‹, dachte Hannelore.

Sie war allein, und man sah, wie sie sich zögernd und als wäre sie von der Schönheit der Räume eingeschüchtert, auf die äußerste Kante eines Sofas setzte. Die Wohnung, in der sie sich befand, war hundertsechzig Quadratmeter groß. Zwei Zimmer gingen auf die Straße hinaus, vor den Fenstern wuchsen riesige Linden, deren Zweige bis an die Hauswand reichten, und ob sie nun mit oder ohne Laub waren, sommers wie winters verbreiteten sie den Eindruck von Schutz und Geborgenheit. Das Haus mit der Nummer acht stammte aus dem Jahr 1905. Die Fenster und Türen am Eingang und im Treppenhaus waren ausnahmslos mit Schnitzereien versehen, die den Eindruck verspielter Leichtigkeit erweckten. In den Wohnungen Parkett, die dreieinhalb Meter hohen Decken der Zimmer waren mit Stuck verziert: Man sah Frauengestalten, die mit ausgestreckten Armen zu schweben schienen.

Eine Weile hatte die Wohnung leer gestanden, dann, nachdem sie renoviert worden war, sah man vor dem Hauseingang einen Umzugswagen. Mehrere Männer waren dabei, Möbel in das zweite Stockwerk zu schleppen, die Wohnungstür stand sperrangelweit offen, und in den immer noch kahlen Räumen gingen zwei Personen auf und ab.

Es waren die neuen Mieter, genauer das Ehepaar Linstow, das mit einer gewissen Vorfreude und Vertrautheit, sie hielten einander untergehakt, darüber beratschlagte, wo die Möbel am besten zur Geltung kommen würden. Sie waren schnell verteilt. Hier und dort eine Kommode, daneben das Sofa.

An den Wänden hingen Ölgemälde, eine Hinterlassenschaft von Hannelores Großvater, der in den zwanziger Jahren ein bekannter Maler gewesen war. Im Berliner Zimmer hatte man die Küche eingerichtet. Sie wirkte komfortabel, und dahinter begann der Korridor. Er war mit Holzplanken ausgelegt, und die Stiche an der rechten Wand zeigten Vogelmotive aus der Zeit des Biedermeier. Bis hierhin war alles so, wie Hannelore und Dennis es sich gewünscht hatten. Nur die eine Tür, die zum Badezimmer führte …, hier betrat man einen Raum, wo hinter den Fenstern abgerissener Putz zu sehen war. Es war der Lichthof, der, weil unzugänglich, seit Jahrzehnten nicht mehr erneuert wurde, und so war es nur selbstverständlich, dass man ihn, um den angenehmen Eindruck der Wohnung nicht zu beschädigen, so schnell wie möglich aus dem Blick haben wollte.

Zwei Gardinen vor den Fenstern hätten genügt, um sich beim An- und Auskleiden, beim Duschen oder Haarewaschen nicht beobachtet zu fühlen.

›Und es ist mir unverständlich‹, dachte Hannelore, ›warum Dennis, obwohl ich ihn darum gebeten habe, keine Firma beauftragt hat, diesen unzumutbaren Zustand, er ist der einzige in dieser Wohnung, zu korrigieren.‹

Jedes Mal, wenn sie das Bad betrat, war sie bemüht, das, was sie störte, möglichst nicht zu beachten. Das heißt, sie versuchte, den Fenstern den Rücken zuzuwenden, aber da der Schrank, in dem die Handtücher und andere Utensilien untergebracht waren, unmittelbar an einem der Fenster stand, hatte sie doch wieder, bevor sie sich bückte und nach einem Handtuch griff, den finsteren Lichthof vor Augen.

Wenig später kam die Sache wieder zur Sprache. Hannelore und Dennis hatten Freunde eingeladen, um die neue Wohnung zu feiern. Man trank Aperol, und als einer der Gäste ins Bad gehen wollte und Dennis auf den Korridor wies, musste Hannelore erklären, dass nur die Toilette in der Garderobe geöffnet sei.

»Sie ist eng, ich weiß. Aber das Bad habe ich abgeschlossen. Ich kann meinen Freunden schließlich nicht erklären, dass es dort einen Abgrund zu sehen gibt«, sagte sie und lachte, und als Dennis erwiderte, dass er das ganze Theater um zwei fehlende Gardinen albern fände, unterließ sie es, darüber zu streiten.

Hannelore war durchaus in der Lage, über Probleme, die sie belasteten, hinwegzusehen, und als Dennis wieder einmal verreist war, beschloss sie, bis zu seiner Rückkehr das gemeinsame Bett zu verlassen, um stattdessen auf dem Sofa im Wohnzimmer zu schlafen. Es war ihr nicht unangenehm, dass sie hier unmittelbar unter dem Plafond mit den Stuckverzierungen lag. Es waren jene Frauengestalten, die mit freiem Oberkörper und faltenreichen Röcken, beide Arme weit ausgestreckt, zu tanzen schienen, und ihre Leichtigkeit war derart, dass man, auch wenn man länger hinsah, nie das Gefühl bekam, dass es nur Stuck war, den man vor Augen hatte.

Irgendwann, es war weit über Mitternacht hinaus, schreckte Hannelore hoch, griff nach ihrem Morgenmantel, weil sie bemerkt hatte, dass es von irgendwoher zog. Sie schaltete das Licht ein, dabei sah sie zur Decke, glaubte zu bemerken, dass eine der Stuckverzierungen, die sie beim Einschlafen betrachtet hatte, verschwunden war. Jetzt war da nichts weiter als eine leere Fläche, und der Luftzug kam, da gab es keinen Zweifel, vom Badezimmer her.

›Ich habe die Tür offen gelassen und das Fenster zum Lichthof …‹, dachte Hannelore, sah aber, dass die tanzende Frauengestalt, die sie eben noch vermisst hatte, wieder an ihrem Platz war.

Ein Gefühl von Betroffenheit überkam sie, dass sie sich durch eine Täuschung und ohne dass es Gründe dafür gab, hatte verunsichern lassen.

›Ich habe doch gut geschlafen, und alles hat, wie ich jetzt sehe, seine Richtigkeit‹, dachte sie und beschloss, über den Korridor hinweg ins Badezimmer zu gehen.

Und tatsächlich: Kaum dass sie den Korridor betreten hatte, bemerkte Hannelore, dass eines der Fenster, die auf den Lichthof hinausgingen, offen stand. Sie beeilte sich, es wieder zu schließen, und der kurze Blick, den sie dabei in den Lichthof warf, bewies ihr, wie richtig es gewesen war, auf einer Abhängung zu bestehen.

›Überall Schmutz, dazu die aufgerissenen Wände, und wenn man versucht, in den Himmel zu sehen, wird einem schwindelig‹, dachte Hannelore, und irgendwie war es ihr selbstverständlich, dass in diesem Augenblick das Telefon klingelte.

Es war Dennis. Er war besorgt, wollte wissen, warum Hannelore das Bett verlassen hätte.

»Es ist mitten in der Nacht, und du hast mir versprochen, wenn ich dich allein lasse, wenigstens in Ruhe zu schlafen.« Er entschuldigte sich, sprach darüber, dass er seine Geschäftsreise um zwei oder drei Tage verlängern müsse.

»Aber dann bin ich wieder da, und es würde mich beruhigen, wenn ich wüsste, dass du nicht mehr auf dem unbequemen Sofa liegst.«

Hier brach die Telefonverbindung ab, und Hannelore stand immer noch an einem der Badezimmerfenster und überprüfte, ob der Griff, den sie umfasst hielt, richtig eingerastet war. Sie ging zum Sofa, nahm das Bettzeug auf, trug alles ins Schlafzimmer zurück, und nun versuchte sie, das zu tun, was Dennis ihr geraten hatte, nämlich den Rest der Nacht ruhig in dem gemeinsamen Bett zu schlafen. Sie freute sich über den Anruf und dass Dennis so besorgt gewesen war. Aber nachdem sie die Nachttischlampe ausgeschaltet hatte, als sie dabei war, die Bettdecke, die sich verhakt hatte, wieder zu lösen, als sie das Kopfkissen zurechtrückte, ja jetzt erst fielen ihr die Ungereimtheiten in dem Gespräch mit Dennis auf.

Nicht nur, dass er besorgt um sie gewesen war und sie gebeten hatte, endlich zu schlafen, nein:

›Woher konnte er wissen, dass ich wach war und unser gemeinsames Bett verlassen hatte? Und vielleicht wusste er sogar, dass es vom Badezimmer her, weil das Fenster geöffnet war, zog!‹

Tage später, als Dennis wieder zu Hause war, erklärte Hannelore, wie sehr sie sich gefreut hätte, dass er so besorgt gewesen sei, und dass sie es erstaunlich fände, wie er, obwohl hundert Kilometer entfernt, wissen konnte, dass es ihr nicht gelungen war, auf dem Sofa zu schlafen.

»Überhaupt«, sagte sie, »ist man in dieser Wohnung vor Überraschungen nicht sicher. Das Fenster im Badezimmer stand plötzlich offen, obwohl ich weiß, dass ich es nicht berührt habe.«

Und als Hannelore nochmals über die Schönheit der Stuckverzierungen reden wollte, machte Dennis eine wegwerfende Geste. Stuckverzierungen aus der Jahrhundertwende gäbe es wie Sand am Meer, und besonders in Charlottenburg hätte man versucht, die Mietshäuser dadurch aufzuwerten.

»Aber es ist immer das Gleiche. Die schwebende Dame, die dir so gefällt, findest du an jeder Ecke. Es ist eine Schablone, genauso wie die Fensterrahmen und Türen. Und was den Blick in den Lichthof angeht … Wir sollten uns morgen in einem Dekorationsladen umsehen. Es gibt tausend Möglichkeiten, um das, was einem missfällt, irgendwie verschwinden zu lassen.«

In derselben Woche noch kam ein junger Mann, um die Fenster, die zum Lichthof führten, zu vermessen. Man blätterte in einem Katalog, suchte etwas Passendes aus, besprach die Modalitäten, in vierzehn Tagen sollte alles fertig sein, und tatsächlich: Wo sonst, und völlig unverstellt, dunkle Mauern zu sehen waren, hing jetzt ein helles, elegant gerafftes Stück Stoff.

Damit war auch das Badezimmer eingerichtet. Man konnte die Tür zum Korridor offen lassen, und Dennis nahm dies als Beweis, dass nicht das Ambiente, genauer, die hundertsechzig Quadratmeter großen Räume, sondern die Einrichtung, also die Möbel, Vasen, Lampen, dass es die Gemälde an den Wänden waren, die beide veranlassten, sie hielten einander untergehakt, wieder mit einer gewissen Freude und Vertrautheit durch die Zimmer zu gehen.

Sie sprachen über ihre Zukunft. Beide waren Architekten. Hannelore hatte ihre feste Anstellung beim Senat aufgegeben, weil Dennis sie überredet hatte, da er ausreichend Geld verdiente, für eine gewisse Zeit, und sei es auch nur für ein, zwei Jahre, das zu tun, was ihr Spaß machte.

»Ohne Rücksicht auf mich. Du warst immer im Stress und hast dich verausgabt. Das sollten wir ändern«, sagte er.

Und so kam es, dass Dennis weiterhin Dienstreisen unternahm, während Hannelore überlegte, was sie den Tag über unternehmen sollte.

Drei Wochen später geschah etwas, womit niemand rechnen konnte. Es begann damit, dass Hannelore, die zufällig an der Balkontür stand, sah, wie die Limousine, die Dennis benutzte, mehrmals versuchte, auf die Bordsteinkante zu fahren, hier war das Parken erlaubt, und als es endlich gelang, ging sie zur Garderobe, öffnete die Wohnungstür, um Dennis, wenn er den Fahrstuhl verließ, zu begrüßen. Aber wer ihr entgegentrat, war jemand, den sie nicht kannte. Er trug einen Koffer, bemühte sich darum, besonders höflich zu sein. Er nannte seinen Namen.

»Ihr Mann lässt Sie grüßen und hat mich gebeten, Ihnen dies hier zu übergeben«, sagte er.

Dabei hielt er Hannelore einen verschlossenen Briefumschlag hin, trat, ohne ihre Aufforderung abzuwarten, über die Schwelle und stellte den Koffer ab. Für Augenblicke standen sich die beiden gegenüber. Hannelore hatte Mühe, ihr Befremden zu unterdrücken, und da der andere keinen Versuch machte, sich nochmals zu erklären, und immer nur auf den Brief in Hannelores Händen sah, blieb dieser nichts anderes übrig, als den Umschlag zu öffnen und die wenigen Zeilen, wobei sie sich abwandte, zu überfliegen.

»Liebe Hannelore«, stand da, »wie Du vielleicht bemerkt hast, habe ich mich in eine andere Frau verliebt. Nun ist es so weit. Ich werde zu ihr ziehen, und alles, was wir in der neuen Wohnung untergebracht haben, bleibt selbstverständlich bei Dir. Bis auf wenige Kleinigkeiten. Ich habe sie auf beiliegender Liste notiert und bitte Dich, Herrn Mangold die Dinge zu übergeben.«

Es fehlten Gruß und Unterschrift, und Herr Mangold, der neben dem Koffer stand, konnte nicht ahnen, warum Hannelore keinerlei Anstalten machte, die Wohnungstür zu schließen oder sich ihm wieder zuzuwenden, um zu klären, was er in den Koffer packen sollte.

Stattdessen verschwand sie wortlos in Richtung Wohnzimmer, und nun hörte man das Schlagen von Schranktüren und wie offenbar Mäntel, Jacken, Schuhe und Aktenordner auf das Parkett geworfen wurden. Dies dauerte eine Weile, dann trat Ruhe ein, und als Herr Mangold, der eingeschüchtert war, endlich und immer bereit, sich zu entschuldigen, ebenfalls in Richtung Wohnzimmer ging, war der Boden mit Dingen übersät, die er, so kam es ihm jedenfalls vor, in den Koffer packen sollte. Er beeilte sich, und Minuten später war die Sache erledigt. Man sah, wie er, den Koffer in der Hand, zum Fahrstuhl ging und dass niemand bereit war, die immer noch offene Wohnungstür in seinem Rücken zu schließen.

Hannelore stand eine Weile regungslos im Korridor. Hatte Dennis nicht vor kurzem erst, als sie nachts auf dem Sofa lag, angerufen und behauptet, er würde sich ihretwegen Sorgen machen? Hatte er nicht über Dinge gesprochen, von denen er nichts wissen konnte, und konnte es wirklich sein, dass der Mann, mit dem sie verheiratet war und der, nachdem sie eine neue Wohnung bezogen hatten, auch noch darauf bestand, dass sie auf seine Kosten Urlaub machen sollte, konnte es sein, dass Dennis sie getäuscht hatte, um zu verschleiern, dass er längst mit einer anderen Frau einig geworden war!

Auf dem Boden lagen noch einige Kleidungsstücke, die Herr Mangold offenbar nicht mehr in den Koffer packen konnte, und als Hannelore nach einem Mantel griff und ihn auseinanderfaltete, erinnerte sie sich daran, dass sie Dennis diesen Mantel, es war nicht lange her, zum Geburtstag geschenkt hatte, und sie widerstand der Versuchung nachzuprüfen, ob er auf der Liste stand, die man ihr übergeben hatte. Sie schob ihn auf einen Bügel, hängte ihn in den Kleiderschrank zurück.

Das Telefon klingelte, und Hannelore traute ihren Ohren nicht. Es war Dennis. Er wollte wissen, ob sie schon zu Bett gegangen sei und ob es Schwierigkeiten gäbe. Er würde ihr natürlich gern helfen. Dann sprach er davon, dass es ihm bisher leider nicht möglich gewesen sei, ihr seine neue Frau vorzustellen.

»Ich dachte, es wäre zu früh und dass du mir das Ganze übelnehmen könntest. Aber jetzt«, fügte er hinzu, »da die Sache mit der Wohnung geklärt ist, und mit der Scheidung, denke ich, können wir uns Zeit lassen, jetzt sollten wir uns einmal treffen, und ich bin sicher, dass dir Marianne gefallen wird.«

Hannelore legte den Hörer aus der Hand, und nun, im Zustand äußerster Erregung, fiel ihr ein, dass das, was Dennis ihr zumutete, nämlich sich mit seiner neuen Frau, also zu dritt, in einem Café zu treffen, in gewissen Kreisen allerüblichste Gewohnheit war.

›Liebe ist keine Gelegenheit zur Freiheit, sie geschieht aus Not‹, dachte sie, und zunächst schien es ihr wichtig, Dennis daran zu hindern, weiterhin die Wohnung zu betreten.

Also bat sie den Vermieter um die Erlaubnis, ein neues Schloss zu installieren. Das war kein Problem, und so konnte Hannelore sicher sein, dass sie sich in den hundertsechzig Quadratmetern, die sie mit ihrem Mann, und immer untergehakt, abgeschritten hatte, ein für alle Mal zurückziehen konnte.

Natürlich waren die Größe und Anzahl der Räume für eine Person unangemessen, aber Möglichkeiten, den Wohnraum zu reduzieren, gab es genug. Jedenfalls war sie in den nächsten Tagen damit beschäftigt, die Bibliothek umzuräumen, genauer: Sie schob die Möbel in eine Ecke, rollte den Teppich zusammen, die Bücher in den Regalen ließ sie unberührt. Es wäre auch nicht nötig gewesen, sie in Kartons zu packen. Das Ganze sah schon jetzt ungemütlich, ja unbewohnbar aus.

Bei Einbruch der Dunkelheit war Hannelore unterwegs, um Lebensmittel einzukaufen, und als sie sich mit vollen Taschen wieder der Haustür näherte, fiel ihr ein, dass Dennis für diese Tür immer noch den Schlüssel hatte und dass es durchaus möglich sein würde, ihm jederzeit im Treppenhaus zu begegnen.

Sie beeilte sich, hatte einige Mühe, mit dem veränderten Schloss zurechtzukommen. In der Küche räumte sie die Taschen leer, ordnete den übervollen Kühlschrank, und wieder klingelte das Telefon.

Hannelore wusste, wer da anrief, und dass Dennis nochmals versuchen würde, ihr zu erklären, dass es nach einer solchen Trennung keinen Grund gab, sich derart zu echauffieren! Sie überprüfte, ob es möglich wäre, das, was sie störte und was sie unmöglich länger ertragen konnte, nämlich das Telefon, in der Bibliothek oder anderswo unterzubringen, und da sie keinen weiteren Anschluss für das Kabel finden konnte, begann sie, die Möbel in dem zweiten Zimmer, wo sich das Telefon befand, zusammenzuschieben.

›Was mache ich da‹, dachte sie. ›Wenn mich das Telefon stört, kann ich es wegräumen, dorthin, wo es keine Verbindung mit dem Router gibt.‹

Aber irgendwie fühlte sie sich sicherer, wenn die Wohnung weniger weitläufig sein würde. Nur das Zimmer mit den schwebenden Figuren und dem Sofa, dieses Ambiente, wo sie mehrmals, wenn Dennis verreist war, übernachtet hatte, wollte sie keinesfalls aufgeben, und während sie überlegte, wie sie den Rest der Wohnung am besten einrichten könnte, glaubte sie zu bemerken, dass es wieder von irgendwoher zog.

›Die Badezimmertür ist geschlossen, ebenso die Fenster. Sie sind mit einer Gardine abgedeckt, die ich nie wieder berührt habe‹, dachte Hannelore, und doch musste sie zugeben, dass da etwas, und zwar vom Lichthof her, in Bewegung war. Also sah man, wie sie, wohl in der Absicht, den Rest der Wohnung, der ihr geblieben war, zu verteidigen, wie sie die Badezimmertür mit dem Fuß sperrangelweit aufstieß, wie sie vor die Fenster trat, um die Gardine, jenes helle, elegant geraffte Stück Stoff, herunterzureißen.

›Wo ein Himmel ist, ist auch eine Hölle‹, dachte Hannelore und sah, dass es zu regnen begann und dass der Wind das Wasser gegen die Fensterscheiben peitschte, und besonders der Lichthof wirkte, da man den gerafften Stoff, der die Sicht verdeckte, entfernt hatte, wie ein aufgewühlter Abgrund.

Da waren die zerbröckelnden Wände, fünf Stockwerke hoch und sieben Meter im Quadrat, an denen das Wasser in Sturzbächen in die Tiefe lief. Die Tür ins Parterre, wo früher einmal der Dienstboteneingang war, hatte man zugemauert. Damit hatte niemand mehr Zutritt zum Hof. Es sei denn, er benutzte das Fenster.

Der Weg zum Meer

Und wieder war da auf der Bühne ein kurzes Schweigen, von dem niemand sagen konnte, dass es beabsichtigt war. Im Gegenteil: Man sah erstaunte Gesichter, und da sich die Sache wiederholte, wollte sich jener, der die Irritation verursacht hatte, nach Ende der Vorstellung erklären, ließ es aber sein.

›Mir war so merkwürdig vor Augen‹, dachte Thorsten Gruber, und in der Garderobe trat er, nachdem er das Kostüm der Garderobiere überlassen hatte, vor den Spiegel und betrachtete, was er eigentlich hatte vermeiden wollen, seinen nackten Oberkörper. Er erschrak.

›Warum gelingt es mir nicht‹, dachte er, ›weniger zu essen? Und warum greife ich nachts immer nach der Flasche mit dem Whisky, um wenigstens ein paar Stunden zu schlafen?‹

Er war es überdrüssig, seinen körperlichen Zustand immer wieder in Augenschein zu nehmen, und er vertraute darauf, dass seine Geistesgegenwart ihm auch in Zukunft helfen würde, bei einer heftigen Bewegung auf der Bühne nicht aus dem Gleichgewicht zu geraten.

›Wie noch vor zwei Tagen‹, dachte Thorsten Gruber, und er meinte die kleine Treppe, wo er, anstatt hinaufzugehen, taumelte und beinahe gefallen wäre.

Trotzdem freute er sich, als man ihm, der überaus geschätzt war, eine neue Rolle anbot.

»Du spielst den Fremden in Ibsens *Frau vom Meer*«, sagte der Regisseur, und auf der Leseprobe, ja hier schon, wurde Thorsten Gruber klar, dass man ihm eine Aufgabe anvertraut hatte, in der nicht nur seine Phantasie, die er im Übermaß besaß, sondern vor allem körperliche Anstrengung gefordert war.

›Eigentlich bin ich zu alt für dieses Hin und Her‹, dachte er.

Und da die Figur, die er spielen sollte, erst im dritten Akt auftaucht, nahm er die Gelegenheit wahr, sich in den Zuschauerraum zu setzen, um den Proben zuzusehen. Da ging es vor allem darum, ein überwältigendes Milieu, nämlich die offene See, heraufzubeschwören, wo sich ein junges Paar verlobt hatte, dem es aber nicht gelingt, ein derartiges Versprechen zu erfüllen.

›Sie bleiben irgendwie unerlöst‹, dachte Gruber,

und er musste zugeben, dass ihn das, worauf alle bei Ibsen so versessen sind, nämlich das Meer, nie wirklich interessiert hatte.

›Wie soll ich also‹, dachte er, ›eine Person darstellen, deren Wesen, so scheint es jedenfalls, einer Gegend geschuldet ist, die ich nicht kenne.‹

Er beschloss, sich zu informieren, machte geltend, dass es ihm erlaubt sein müsse, nicht an die norwegische Küste, das wäre übertrieben, aber wenigstens nach Nordfriesland zu fahren.

»Dort sehe ich mich um, und in drei Tagen bin ich wieder da.«

»Einverstanden«, antwortete der Regisseur. »Die Unkosten übernimmt das Theater.«

Und so kam es, dass Thorsten Gruber am nächsten Vormittag in einem Schnellzug saß und in Richtung Hamburg unterwegs war. Bis Sylt, jener Insel, die sich der Schauspieler, vielleicht weil sie so berühmt ist, ausgesucht hatte, waren es noch dreieinhalb Stunden, und als sie Itzehoe passierten, hatte er das Gefühl, dass das Terrain, je weiter die Fahrt nach Norden ging, immer flacher wurde.

›Ohne die Deiche‹, dachte Gruber, ›wäre hier schon alles unter Wasser‹, fand es aber, nachdem sie den Hindenburgdamm erreicht hatten, unnötig, sich, was die Gefährdung betraf, überhaupt Gedanken zu machen.

Er beschloss, am Bahnhof eine Kleinigkeit zu essen. Dann ging er zur Pension, wo er ein Zimmer gemietet hatte, und am Abend sah man, wie er am Strand saß und in dem Manuskript zu blättern begann. Aber dies dauerte nicht lange. Ein kalter Wind kam auf. Er spürte, dass er fror, und vor allem der Wetterwechsel, der sich am Horizont vollzog, man sah eine schwarze Wolkenwand, in der es ständig blitzte, war für Thorsten Gruber ein Grund, Westerland so schnell wie möglich wieder zu verlassen.

Am nächsten Morgen hatte er Mühe, mit seinem Koffer, der viel zu groß war, in der Enge des Zugabteils zurechtzukommen, und in das Theater zurückgekehrt, erklärte er dem Regisseur, dass sein Ausflug nach Sylt eine Enttäuschung gewesen sei.

»Das Meer, das Ibsen meint, ist vor allem seiner Phantasie und nicht so sehr der Wirklichkeit geschuldet«, sagte er, und wenig später begannen die Proben zum dritten Akt.

Gruber hatte sich, als er am Strand saß und in dem Manuskript blätterte, darauf vorbereitet, in Ibsens Stück auf eine Frau zu treffen, für die sein plötzliches Auftauchen schockierend war.

›Sie kann offenbar nicht fassen, dass ihr das Glück, das sie mit einem Versprechen besiegelt und wieder verloren hat, doch noch zum Greifen nahe kommt. Aber um ihr das zu erklären, muss ich einen Gartenzaun überwinden. Einen Gartenzaun‹, dachte Thorsten Gruber, und es war klar, dass dies für ihn, so oder so, zum Problem werden würde.

Man hatte eine anderthalb Meter hohe und fünf Meter lange Probendekoration aufgestellt, um den Beginn des Gartens anzudeuten, und Gruber ging bei seinen Auftritten jedes Mal daran vorbei.

»Du musst schon irgendwann über den Zaun steigen«, erklärte der Regisseur und bat Gruber, endlich das zu tun, was Ibsen in seinem Drama vorgeschrieben hatte.

Thorsten Gruber versuchte es. Das heißt: Er umklammerte mit der rechten Hand die obere Kante der Dekoration, setzte die Füße in die Freiräume, die den Zaun andeuten sollten, aber was er auch tat, er hatte nicht die Kraft, die Trägheit seines Körpers zu überwinden. Immer wieder rutschte er ab.

»Hör auf«, rief der Regisseur. »Wir finden eine andere Lösung.«

Aber dieses Angebot wies Gruber entrüstet zurück. Als Schauspieler sei es seine Pflicht, ein derart harmloses Arrangement wie das Übersteigen einer Wand auszuführen. Und nun versuchte er es noch einmal, blieb aber zwischen zwei Pfosten hängen, da es ihm nicht gelang, die Beine nachzuziehen. Wortlos verließ er die Probe, und wenig später, nachdem er in seine Garderobe zurückgekehrt war, stand er, was er doch hatte vermeiden wollen, wieder vor dem Spiegel.

›Ich bin so kraftlos. Und wie soll ich mit den Schwindelanfällen, die sich neuerdings häufen, auf dem Theater weiterhin anwesend sein‹, dachte Thorsten Gruber. Und dieses Mal spürte er genau, dass er sich in Zukunft auch auf seine Geistesgegenwart nicht mehr würde verlassen können.

Der Regisseur trat ein und versuchte, ihn zu beruhigen.

»Es ist meine Schuld«, sagte er. »Ich hätte natürlich wissen müssen, dass du gesundheitliche Probleme hast. Trotzdem: Du bist für mich der Einzige, der diese Rolle spielen kann.«

Für Augenblicke herrschte Schweigen. Gruber stand unentschlossen da, er schien über etwas nachzudenken, und als der Regisseur seinen Ellbogen berührte, sagte er:

»Das war freundlich von dir. Aber eines kannst du mir glauben: Wenn ich die Bühne nicht mehr bewältigen kann, muss ich nach etwas anderem suchen. Dann bleibt mir nur noch die Phantasie, und das hätte Konsequenzen.«

»Was meinst du damit?«

»Ich fahre nochmals an die friesische Küste, und vielleicht gelingt es mir, dort, wo kein Gartenzaun nötig ist, Ibsens *Frau vom Meer* näher zu sein.«

»Das ist nicht dein Ernst.«

»Doch«, antwortete Gruber.

Die nächsten Proben verliefen ohne Zwischenfall, aber eine Woche später, an einem Sonntag, war Thorsten Gruber wieder mit dem Schnellzug in Richtung Norden unterwegs, und nachdem er Westerland erreicht hatte, ging er zur Pension, um seinen Koffer abzustellen. Wenig später sah man, dass er, wie vor kurzem erst, am Strand saß und in dem Manuskript blätterte.

Dieses Mal gefiel ihm der Wetterwechsel, der sich am Horizont vollzog. Da war die schwarze Wolkenwand, in der es ständig blitzte, und Gruber war klar, dass er sich jetzt, vor Einbruch der Dunkelheit, entscheiden musste. Würde es ihm gelingen, ohne Alkohol und ohne Tabletten, sozusagen mit klarem Kopf, das zu tun, was er sich vorgenommen hatte?

Er verließ den Strand, ging aufs offene Meer zu, fest davon überzeugt, dass hier, um Ibsens Stück zu spielen, kein Hindernis nötig war, und während die Wolkenwand näher kam und man in dem Aufleuchten der Blitze erkennen konnte, dass das Wasser, weil die Flut zurückkehrte, überall anstieg, ging Thorsten Gruber weiter, immer nur weiter, bis man ihn aus den Augen verlor.

Der Navigator

Das darf doch nicht wahr sein«, sagte Susanne und hielt Wolfgang ein abgestempeltes Formular hin. Es war die amtliche Aufforderung, eine Ordnungswidrigkeit zu begleichen, und es wurde ausdrücklich darauf hingewiesen, dass die Mautplakette, auch wenn sie bezahlt worden sei, keinerlei Gültigkeit hätte.

»Wir haben sie wieder falsch angebracht«, sagte Wolfgang und fuhr mit der Handfläche über die Windschutzscheibe.

Dabei berührte er mit dem Ellbogen den Navigator, der auch irgendwie nachlässig befestigt war, und nun war er, während Susanne hinter dem Lenkrad saß, damit beschäftigt, das verdrehte Kabel zu ordnen.

Susanne fuhr sicher und schnell. Die italienische Grenze hatten sie hinter sich, und man kennt den Blick, der sich von der Autobahn aus in der Tiefe verliert, so dass von Ortschaften wie etwa Gries oder Nösslach nur einzelne Häuser zu erkennen sind. Auch die Abfahrt am Wipptaler Hof kann an der Enge, an dem Eindruck, die Gegend sei nahezu unbewohnt, nichts ändern. Berge, immer nur Berge, und wenn man die Europabrücke erreicht, wenn man Patsch, Igls oder Zenzenhof passiert hat, ja dann spätestens wird man das Gefühl nicht los, es gäbe, obwohl man das Panorama der Stadt vor Augen hat, keine Ausfahrt nach Innsbruck.

Susanne hielt Wolfgang nochmals das abgestempelte Formular hin. Es war, wie gesagt, die amtliche Aufforderung, eine Ordnungswidrigkeit zu begleichen, und für einen Augenblick waren sie damit beschäftigt herauszufinden, warum sie die Sache übersehen hatten.

»Der Brief lag im Koffer«, sagte Susanne und sah, wie Wolfgang immer noch an dem Navigator herumhantierte.

Offenbar fand er Gefallen daran, sich von solch einem Gerät und auf so angenehme und zuverlässige Weise führen zu lassen. Er gab ihre gemeinsame Adresse ein, sah auf die Uhr, meinte, sie könnten, wenn sie sich beeilten, vor Einbruch der Dunkelheit München erreichen, aber dann geschah etwas, womit sie nicht gerechnet hatten.

Es begann damit, dass Wolfgang Susanne aufforderte, einen Blick auf den Navigator zu werfen.

»Nehmen Sie die nächste Ausfahrt. Strecke ab

Schwaz gesperrt«, stand da, und bevor sie sich darüber verständigen konnten, was jetzt zu tun sei, war Susanne schon abgebogen.

Sie hofften darauf, dass sie die Strecke, die gesperrt war, so schnell wie möglich hinter sich lassen könnten, aber anstatt, was nötig gewesen wäre, nach Norden zu fahren, waren sie in Richtung Innsbruck, also nach Süden unterwegs, und zuletzt, »Was soll das?«, flüsterte Susanne, hatten sie sich im Gewerbegebiet der Vorstadt verirrt. Für Augenblicke waren sie ratlos. Susanne schaltete den Motor wieder ein, versuchte, das Gewirr der Einbahnstraßen zu umfahren, um irgendwo auf die Autobahn zurückzukehren, und als ihr dies endlich gelang, als sie Schwaz erreicht hatten, sahen sie weder einen Hinweis noch eine Absperrung. Alles, was sie vor Augen hatten und worauf sie sich zubewegten, war vollkommen frei.

»Nicht zu glauben. Er hat uns in die Irre geführt«, sagte Wolfgang, und als er vorschlug, das Gerät samt Zubehör zu entsorgen, »Wir haben ja noch das Smartphone«, sagte er, ging Susanne nicht weiter darauf ein.

Nachdem sie München erreicht hatten, verzichteten sie auf das Abendessen. Bis nach Leipzig waren es immerhin noch vierhundert Kilometer, und es dauerte eine Weile, ehe sie das Gepäck in ihre

Dreizimmerwohnung gebracht hatten. Eine Stunde später sah man durch die Fenster im Hochparterre, wie die beiden am Küchentisch saßen und ein Glas Rotwein tranken. Sie waren müde, rührten sich nicht, und am nächsten Morgen ging Wolfgang, die Werkzeugtasche unterm Arm, in die Garage zu seinem Auto. Er öffnete die Beifahrertür, zog eine Zange und einen Schraubenzieher hervor, und es war unverkennbar, dass es seine Absicht war, das zu tun, was er Susanne vorgeschlagen hatte, nämlich den Navigator zu entfernen. Er war schon dabei, das Kabel, das er gelöst hatte, zusammenzurollen, als Susanne, das hatte er nicht erwartet, ebenfalls die Garage betrat.

»Hättest du etwas dagegen, wenn ich dich darum bitte, alles so zu lassen, wie es war«, sagte sie, nahm ihm den Schraubenzieher aus der Hand, und keine fünf Minuten später war das, was Wolfgang eben erst entfernt hatte, wieder an seinem Platz.

Dies geschah Mitte März. Wochen später waren die beiden erneut unterwegs, und es war schon ein Ärgernis, dass die österreichischen Behörden eine bezahlte Mautplakette für ungültig erklärt hatten, nur weil sie nachlässig angebracht war. Aber auch diesmal weigerte sich Susanne, das Stück Papier an die Windschutzscheibe zu kleben. Dazu kam das schlechte Wetter und die Ödnis ringsherum und dass der Blick auf ein paar Ziegeldächer und grasende Kühe daran nichts ändern konnte. Berge, immer nur Berge.

»Ich hasse diese Gegend«, flüsterte Susanne, und jetzt war es Wolfgang, der hinter dem Steuer saß und den Wagen in entgegengesetzter Richtung, nämlich von Kufstein zum Brenner, steuerte.

Als sie Schwaz passierten, bemerkte Susanne, dass der Navigator nicht eingeschaltet war. Dies schien sie zu irritieren, und Wolfgang versuchte, ihre Stimmung zu bessern, indem er versicherte, dass es in dieser Gegend, die, da wolle er nicht widersprechen, trostlos sei, dass es früher, als die Goten noch hier waren, eine rege Geschäftigkeit gegeben hätte.

»Es war immer etwas los«, versicherte er und schlug vor, sich einmal in einer größeren Ortschaft, wo dies dokumentiert war, und damit meinte er Trento, umzusehen.

Susanne war einverstanden. Also fuhren sie, nachdem sie den Brenner hinter sich hatten, auf das Bergmassiv zu, das Trento nach Osten hin eingrenzt. Sie mieteten ein Zimmer in einem großen Hotel, gingen ins Restaurant. Das Essen war mäßig, und auch hier war das Licht, wie überall auf den Korridoren, zu hell. Susanne fühlte sich unwohl, und nach einer Weile, sie hatten sich noch einen Grappa bestellt, stand sie auf und verließ mit der Bemerkung, sie hätte etwas vergessen, den Saal.

Nach einer halben Stunde saß Wolfgang immer noch da, verrückte seinen Stuhl, um die Flügeltür besser im Blick zu haben. Aber Susanne kam nicht zurück, so dass er schließlich genötigt war, aufzustehen, um nach ihr zu suchen. Sie war weder an der Rezeption noch auf dem langen Korridor, und als er mit dem Fahrstuhl in die dritte Etage hinauffuhr, als er das Zimmer, das sie gemietet hatten, aufschloss, war alles dunkel. Er zögerte, ging schließlich zur Treppe, die ins Parterre und darüber hinaus in die Garage führte. Hier hatte er Mühe, sich zu orientieren, und als er endlich den Pfeiler, hinter dem das Auto geparkt war, erreicht hatte, entdeckte er eine offene Wagentür und dass da jemand mit ausgestreckten Beinen über den Sitzen lag.

»Susanne, was machst du da?«, rief er, sah aber schon, dass sie mit dem Navigator beschäftigt war.

Kurz darauf saßen die beiden wieder im Restaurant, bemühten sich, miteinander ins Gespräch zu kommen. Wolfgang bestellte den dritten Grappa, Susanne hatte ihr volles Glas an den Tischrand geschoben.

»Wie gut«, sagte sie plötzlich, »dass wir den Navigator nicht entsorgt haben. Er kann offenbar noch etwas anderes als auf verstopfte Autobahnen hinweisen. Jedenfalls hat er uns einen Weg gezeigt, auf dem es nicht mehr weitergeht.«

Wolfgang verstand nicht, was sie meinte, hatte auch keine Lust, Fragen zu stellen, und am nächsten Morgen, obwohl die beiden vorgehabt hatten, das Hotel zu verlassen, am nächsten Morgen bestellte er ein Taxi, um zum Castello del Buonconsiglio, genauer, zum berühmten Torre Aquila zu fahren. Dort waren Fresken zu sehen, die in ihrer Buntheit und Anmut das Leben einer vergangenen Epoche darstellten. Die elf Bilder, die durch Säulen voneinander getrennt waren, gaben einen Ausblick auf die jahreszeitlich wechselnde Berglandschaft. Sie zeigten Bauern bei der Arbeit, aber auch, wie sich die adlige Gesellschaft damals amüsierte. Da gab es Falkenjagden, Turniere, Schneeballschlachten. Dies gefiel Susanne, obwohl es sie anstrengte, ständig und in dieser Intensität etwas vor Augen zu haben. Ins Hotel zurückgekehrt, kam sie wieder auf den Navigator zu sprechen.

»Versteh mich nicht falsch«, sagte sie, »aber es war schon ein Erlebnis, als wir damals, du erinnerst dich, nachdem wir die Autobahn verlassen hatten, dastanden, in die Gegend sahen und nicht wussten, wo wir sind.«

Dann schlug sie allen Ernstes vor, nicht weiter in Richtung Verona, sondern über Innsbruck zurück nach Schwaz zu fahren, um zu sehen, ob der Navigator die gleiche Anweisung, nämlich ins Ungewisse auszuweichen, wiederholen würde.

Wolfgang winkte ab.

»Ich will nicht nach Schwaz. Ich will nach Italien. Ich freue mich auf die Pinien und Zypressen und auf das von Schilf umstandene Ufer des Trasimeno«, sagte er, und damit herrschte zwischen den beiden, was sie doch hatten vermeiden wollen, wieder so etwas wie Gereiztheit.

Als er sich schließlich bereit erklärte, die zweihundert Kilometer, so wie Susanne es wünschte, zurückzufahren, versuchte er, die Zeit, die dabei verlorenging, durch ein rascheres Tempo gering zu halten. Aber schon vor dem Wipptaler Hof wurden sie von einem Streifenwagen überholt und aufgefordert, auf die Standspur zu fahren. Ihnen wurde mitgeteilt, dass sie, und zwar anderthalb Kilometer nach dem Grenzübergang, zu schnell gefahren seien. Man verlangte eine Strafgebühr, und nachdem sie gezahlt hatten, erlaubte man ihnen die Weiterfahrt.

»Ich hasse diese Gegend«, flüsterte Susanne. »Es tut mir leid. Natürlich war es Unsinn, dich zu bitten, nach Schwaz zu fahren.«

Und als Wolfgang versicherte, es sei weiter kein Problem, »Wir sind ja gleich da«, bestand Susanne darauf, und dabei berührte sie seine Hand, die Fahrt dorthin abzubrechen.

Es dauerte eine Weile, bis Wolfgang ihrer neuerlichen Bitte nachkam, genauer, bis er es schaffte, die Autobahn zu verlassen, um über die nächste Auffahrt in Richtung Italien zurückzufahren, aber als sie Trento und damit die Enge des Talkessels hinter sich gelassen hatten, war er wieder besserer Laune.

Am späten Nachmittag erreichten sie das Ferienhaus, das sie von Freunden gemietet hatten, und traten auf den engen Balkon hinaus. Der Himmel war klar. Die untergehende Sonne verfärbte die Oberfläche des Trasimeno. Dort waren ein glitzerndes Rot und Gelb, und das schattige Ufer wirkte wie ein Abgrund.

»Was für ein Anblick!«, rief Wolfgang.

Aber Susanne schien dies alles nicht zu interessieren.

»Hast du den Navigator ausgeschaltet?«, fragte sie stattdessen.

»Ich habe das Kabel gelöst«, antwortete Wolfgang. »Und wie kannst du, wenn du den Trasimeno vor Augen hast, dieses Stück Schrott überhaupt erwähnen. Seit Schwaz funktioniert er nicht mehr richtig. Eine Lappalie, die Monate zurückliegt und die man normalerweise vergisst«, fügte er hinzu und war entschlossen, das, was ihn ärgerte und was Susanne immer wieder zur Sprache brachte, so schnell wie möglich aus der Welt zu schaffen.

Wenig später, als er den Navigator endgültig demontiert hatte, als er ihn unter die Achsel schob und die Autotür schloss, als er, es begann dunkel zu werden, auf den Müllkasten, der am Zaun stand, zuging, bemerkte er, dass Susanne ihn vom Fenster aus beobachtete.

›Und genau das‹, dachte Wolfgang, ›wollte ich vermeiden. Wenn sie so bewegungslos, so angespannt wie eben jetzt aus dem Fenster sieht, dann wäre es unfair, darauf keine Rücksicht zu nehmen.‹

Wieder ging er zum Auto, achtete darauf, dass er vom Fenster aus nicht zu sehen war, und nachdem er den Navigator in aller Eile auf den Beifahrersitz gelegt hatte, kehrte er ins Haus zurück. Er wollte Susanne umarmen, wollte ihr sagen, dass es für ihn kein Problem wäre, den Navigator, wenn er ihr so wichtig sei und auch wenn er nicht mehr funktionierte, bei sich zu behalten.

›Warum nicht. Wir montieren ihn wieder, und zwar so, dass du ihn, wenn du es wünschst, jederzeit im Blick hast.‹

Dies wollte er sagen, aber weder im Flur noch im Wohnzimmer, auch nicht in der Küche konnte er sie entdecken. Erst als er ins Schlafzimmer trat und das Licht einschaltete, sah er, dass Susanne zu Bett gegangen war.

Er murmelte eine Entschuldigung, bemerkte, dass sie von seiner Anwesenheit keinerlei Notiz nahm.

›Sie ist übermüdet‹, dachte Wolfgang, löschte das Licht, ging ins Wohnzimmer, zog sein Handy aus der Jackentasche, und nun war er damit beschäftigt, Sehenswürdigkeiten in der Umgebung herauszusuchen.

Er war zufrieden. Schon unmittelbar am Trasimeno gab es Etruskergräber, in Monterchi war die Madonna del Parto von Piero della Francesca zu sehen, aber das meiste und Berühmteste entdeckte man in Assisi oder Perugia.

»Nehmen wir uns also Zeit, fahren wir hierhin und dorthin, gehen wir anschließend etwas essen!«, sagte er, nachdem Susanne am nächsten Morgen, es war später als sonst, an den Frühstückstisch getreten war.

Susanne wandte sich ab, setzte sich und erklärte, dass sie jetzt keine Lust hätte, etwas zu besichtigen.

»Ich habe dir schon in Trento erklärt, dass es mich anstrengt, ständig etwas vor Augen zu haben.«

»Und wo willst du hin?«

»Ich möchte dorthin, wohin mich der Navigator führt, wenn er nicht mehr funktioniert, ins Nirgendwo«, antwortete Susanne, und es war klar, dass Wolfgang Mühe hatte, auf solch eine Bemerkung einzugehen.

Dass Susanne, und oft auf anstrengende Weise, unberechenbar gestimmt war, dies kannte er zur Genüge, und er hatte es auch hingenommen, dass sie, obwohl sie seit fünf Jahren zusammenlebten, nie eingewilligt hatte zu heiraten. Aber jetzt hatte sie ihm mit einer Anspielung, sozusagen unverblümt, etwas angedeutet, das er nicht akzeptieren konnte.

›Ins Nirgendwo. Was will sie damit sagen. Dass sie mich satthat?‹, dachte Wolfgang, und in den darauffolgenden Tagen gingen die beiden weiter auf Distanz.

Das heißt, sie frühstückten miteinander, aber Susanne zog es vor, auf dem Sofa im Vorraum zu übernachten. Wolfgang sorgte dafür, dass sie ebendas, was sie zu beschäftigen schien, nämlich den Navigator, griffbereit in ihrer Nähe hatte. Er bot ihr an, das Auto zu benutzen, er selbst würde am Trasimeno zu Fuß unterwegs sein, und es war schon ein merkwürdiges Gefühl, als er am Eingang des Hauses stand und zusah, wie Susanne von seinem Angebot Gebrauch machte und wie sie, ohne sich umzusehen, in Richtung Superstrada fuhr.

Stunden später war Wolfgang am Trasimeno. Das Ufer war kaum zu betreten. Überall struppige Wiesen oder schwer passierbare Badestrände. Der Lärm auf den Straßen ringsherum war kaum zu ertragen, aber nachdem er in Richtung Norden Passignano erreicht hatte, entdeckte er einen Landungssteg, und hier, über der Wasseroberfläche mit einem Blick auf die Isola Minore, blieb er stehen.

›Jetzt bloß keinen Liebeskummer‹, dachte er und überlegte, ob es Gründe gab, sich von Susanne zu trennen. ›Es ist nicht das erste Mal, dass wir Mühe haben, uns zu verstehen, aber dieses Mal ist sie zu weit gegangen.‹ Wolfgang war schon dabei, sein Schlüsselbund zu öffnen, um den ledernen Anhänger, den sie ihm geschenkt hatte, zu entfernen.

›Wenn ich ihr den zurückgebe‹, dachte er, ›wird sie begreifen, dass unsere Beziehung ernsthaft gefährdet ist.‹

Aber war es nun, weil es zu dämmern begann und das Abendrot der untergegangenen Sonne kaum noch zu erkennen war, war es, weil am Horizont ein Schwarm Vögel auftauchte und lautlos in Richtung Passignano flog, oder war es, weil er fror und das Schlüsselbund fallengelassen hatte und jetzt damit beschäftigt war, es aus der Unebenheit der Holzbretter ins Freie zu ziehen, plötzlich überkam Wolfgang, als er sich wieder aufrichtete, ein

Gefühl von Resignation. Er verließ den Landungssteg, kehrte über Passignano nach Torricella zurück, und als er die schmale Straße, die zum Ferienhaus führte, betrat, war er erleichtert, weil er sah, dass das Auto neben dem Lichtpfahl geparkt war.

›Sie ist wieder da‹, dachte Wolfgang und wollte sofort, auch um sein schlechtes Gewissen loszuwerden, mit ihr reden.

»Hallo, Susanne!«, rief er, »wo warst du?«, und ohne ihre Antwort abzuwarten, sprach er davon, dass er am Trasimeno gewesen sei und dass er dort einiges erlebt hätte.

»Man wird wehmütig und fängt an, sich dumme Gedanken zu machen«, erklärte er und dass er keine Lust hätte, in dieser Stimmung den Herbst zu verbringen, und dass es an der Zeit sei, die Gegend zu verlassen.

»Wie du meinst«, antwortete Susanne, bestand aber darauf, dass man niemanden, der Ferien machen wollte, zwingen könne, nach ein paar Tagen wieder die Koffer zu packen.

Trotzdem war sie sofort dabei, das Gepäck samt Taschen, Mänteln und Schuhen zusammenzusuchen. Wolfgang verstaute alles auf dem Rücksitz, und zuletzt, der Wagen stand mit geöffneten Türen und laufendem Motor da, zuletzt war es der Eindruck einer gewissen Feierlichkeit, die beide daran hinderte einzusteigen. Es war wie ein rücksichtsvolles, nachdenkliches Zögern, als wollten sie etwas unternehmen, von dem sie nicht wussten, ob sie es nicht besser unterlassen sollten.

Wolfgang ging zum Auto, setzte sich ans Steuer, wartete darauf, dass Susanne, die wieder angefangen hatte zu rauchen, auf dem Beifahrersitz Platz nehmen würde, und nachdem dies endlich geschehen war, nachdem sie den Zigarettenstummel in den Aschenbecher geworfen hatte, war sie erneut mit dem Navigator beschäftigt.

»Hättest du etwas dagegen, nicht über den Brenner, sondern über die Schweiz nach Leipzig zurückzufahren?«, fragte Wolfgang, und Susanne hatte keine Bedenken, diesen Vorschlag als absurd abzutun.

»Und was hast du vor? Willst du vor Schwaz die Autobahn verlassen?«

»Das glaube ich nicht«, antwortete sie.

›Und wenn doch, dann landen wir wieder im Nirgendwo‹, dachte Wolfgang und nahm sich vor, solch einer Stimmung, falls sie sich wiederholte, energisch zu widersprechen.

Ob ihm dies gelang, darauf durfte man gespannt sein. Jedenfalls sah man, wie das Auto, in dem die beiden saßen, in Richtung Tuoro und damit zur nördlichen Autostrada einbog, und ob sie nach

Modena zum Brenner oder nach Mailand in die Schweiz unterwegs waren, dies konnte man nur vom Navigator aus, falls er funktionierte, erfahren.

Die Zeit verging, und zwei Jahre später hatte sich einiges verändert. Wolfgang wohnte jetzt in Naumburg, und irgendwann, es war auf einer Geburtstagsparty, traf er einen Bekannten, den er lange nicht gesehen hatte. Er kam auf ihn zu, gab ihm die Hand.

»Mein herzliches Beileid«, sagte er, und als Wolfgang wissen wollte, was er damit meinte, bekam er die Antwort: »Sie müssen mir nicht erklären, wie sehr Sie der Verlust Ihrer Frau getroffen hat.«

Wolfgang wandte sich ab, ging zum Büfett, griff nach einem Glas Prosecco, das er in ruhigen Zügen austrank.

»Ich möchte mich bedanken«, sagte er, als der andere ebenfalls ans Büfett trat, »aber Sie irren sich. Ich kenne niemanden, um dessentwillen man mir kondolieren müsste.«

»Sie waren mit Susanne nicht verheiratet?«

»Nein.«

Wolfgang verließ die Party, und zunächst war er empört darüber, dass man ihm in einer gescheiterten Beziehung wie selbstverständlich die Attribute des Tragischen unterschob.

›Susanne ist nicht gestorben‹, dachte er. ›Wir haben uns getrennt, und zuletzt war da nichts weiter als kleinliches Gezänk, so dass wir beschlossen haben, einander nicht mehr unter die Augen zu treten.‹

Aber jetzt, was blieb ihm anderes übrig, wollte er Klarheit, wenigstens darüber, ob sie noch in der alten Wohnung, die er verlassen hatte, anzutreffen war, und er beschloss, nicht sofort, aber irgendwann nach Leipzig in die Wächterstraße zu fahren.

›Dann wird man ja sehen‹, dachte er, ›ob ihr Namensschild immer noch an der Tür angebracht ist.‹

Von Naumburg nach Leipzig sind es siebzig Kilometer, und es war schon bemerkenswert, dass Wolfgang mit seinem Wagen dorthin unterwegs war. Er überlegte, wie es ihm gelingen könnte, unbeachtet in die Wächterstraße einzubiegen, ›und besonders am Eingang muss ich vorsichtig sein. Sie darf mich nicht sehen, sonst wäre ich gezwungen, ihr zu gestehen, aus welchem Grund ich hierhergekommen bin.‹

Er zögerte, parkte den Wagen schließlich in einer der Nebenstraßen, und nun versuchte er, von weitem das Namensschild, das neben der Haustür angebracht war, zu entziffern. Es gelang ihm nicht, und erst als er sicher war, dass im Hochparterre, genauer in der Wohnung, in der er mit

Susanne gelebt hatte, kein Licht brannte, trat er an die Tür.

Man kennt das Gefühl, das einen überkommt, wenn man jemanden, den man besuchen will, unter der Adresse, die man zur Verfügung hat, nicht mehr finden kann.

›Es war doch die Wächterstraße, und hier bin ich ein und aus gegangen‹, dachte Wolfgang.

Aber so oft er auch mit dem Finger über die Namen der Mieter hinwegfuhr, das Schild mit Susannes Namen hatte man offenbar entfernt. Wolfgang drückte mit der Schulter gegen die Tür, wunderte sich, wie leicht sie aufsprang, so dass er der Versuchung nachgab, in den Flur zu treten, immer bereit, bei dem geringsten Geräusch oder falls sich jemand zeigen würde, das Haus wieder zu verlassen. Als er sah, dass der Zugang zum Keller einen Spaltbreit offen stand, ging er die wenigen Stufen hinab, und hier konnte er sich, so kam es ihm jedenfalls vor, in Ruhe umsehen.

Er griff zum Lichtschalter, und was er im Schein der Kellerlampe überblicken konnte, war ernüchternd. Überall leere Kisten, zerschnittenes Packpapier, als hätte man das Gerümpel eines Mieters, der ausgezogen war, beiseitegeräumt. Wolfgang ging über einen schmalen Gang hinweg zur Garage, sozusagen um sich von etwas Vertrautem, das ihm fremd geworden war, zu verabschieden, und als er die Tür öffnete, als er über die Schwelle trat, berührte sein Fuß einen Gegenstand, der im Weg lag.

Er bückte sich, sah sofort, dass es der Navigator war. Er hob ihn auf, steckte ihn in die Manteltasche. Minuten später saß er wieder in seinem Auto, und wer die Gelegenheit hat, jetzt, im Spätherbst, in der steppenartigen Landschaft unterwegs zu sein, der sieht, wie unberechenbar sich die Natur, das Drumherum der Seen, Wälder und Ackerflächen, zur Geltung bringen kann. Die plötzlich hereinbrechende Kälte lässt eine Nebelwand aufsteigen, so dicht, so undurchdringlich, dass man den Eindruck hat, es würde einem ein Vorhang vors Gesicht gezogen.

Dies hatte Wolfgang oft erlebt, so auch jetzt, als er, nach Naumburg zurückgekehrt, am Fenster stand und nach Norden in Richtung Leipzig sah. Susanne hatte er dort nicht gefunden, wohl aber den Navigator, den sie offenbar liegengelassen hatte.

›Dieses Stück Plastik‹, dachte er, ›konnten wir nicht entbehren. Ich hatte ihn meist abgeschaltet. Aber Susanne war geradezu darauf fixiert, ihm irgendwelche Informationen abzuverlangen, und selbst wenn sie falsch waren oder in die Irre führten, war dies für sie ein Grund, darauf einzugehen.‹

Er erinnerte sich daran, wie irritiert er war, als er Susanne, ›ich glaube, das war in Trento‹, dachte Wolfgang, als er sie dabei überraschte, wie sie bei offener Wagentür und mit ausgestreckten Beinen über den Autositzen lag und in aller Enge, sie konnte sich kaum bewegen, mit ebendiesem Navigator beschäftigt war. Und was hatte sie doch, als sie anschließend im Restaurant saßen und Grappa tranken, gesagt?

»Wie gut, dass wir ihn nicht entsorgt haben. Er kann offenbar noch etwas anderes als auf verstopfte Autobahnen hinweisen. Jedenfalls hat er uns einen Weg gezeigt, auf dem es nicht mehr weitergeht.«

›Vielleicht war dies der Grund, warum sie meine Bitte, auf dem Heimweg vom Trasimeno nicht über den Brenner, sondern über die Schweiz zu fahren, derart übelgenommen hat. Sie war außer sich vor Erregung, wollte nach Schwaz, immer nur nach Schwaz‹, dachte Wolfgang. ›Und ich habe versucht, sie zu beruhigen. Aber wie soll man jemanden, auch wenn man ihn liebt, beruhigen, der Wege bevorzugt, auf denen es nicht mehr weitergeht.‹

Die Wächterstraße hatte Susanne verlassen. Aber wo war sie hin?

Der Bekannte fiel ihm wieder ein und dass es ihm nicht gelungen war, dessen mitleidige Geste zu widerlegen. Trotzdem unterließ er es, ihn, nachdem er die Telefonnummer gefunden hatte, anzurufen, um die Sache endgültig zu klären.

Stattdessen sah man, wie er grübelnd am Küchentisch saß und wie er schließlich zu seinem Wagen ging und wieder mit dem Navigator beschäftigt war. Er drehte einige Schrauben fest, überprüfte das Kabel, bevor er es in die Buchse steckte. Den Bildschirm mit der Aufschrift GARMIN schaltete er mehrmals an und aus, bis er sicher war, dass er funktionierte, und welche Adresse er eingab, konnte man nicht erkennen. Aber er schleppte, und dies wies darauf hin, dass er eine Reise vorhatte, zwei Gepäckstücke herbei, die er im Kofferraum verstaute. In die Wohnung zurückgekehrt, begann er, die Schubladen im Stehpult zu ordnen, bis er endlich fand, was er suchte, nämlich ein Passfoto von Susanne. Er schob es in seine Brieftasche, und wenig später, nachdem die Sonne untergegangen war, stieg er ins Auto und fuhr – wohin?

Wir wissen es nicht. Wir wissen nur, dass der Navigator alle konkreten Hinweise, die Reiseroute betreffend, von einem Satelliten empfing und dass es durchaus möglich war, dass Wolfgang Susanne, egal, wo sie sich augenblicklich befand, wieder in seine Arme schloss.

Ronnefelder

Am Rande Berlins gibt es einen Ort, wo die Anschauung des Schönen den Eindruck von Zeitlosigkeit erweckt. Hier befindet sich ein Gewässer, dessen Ufer von Schilf umstanden ist, das aber doch, besonders in der kalten Jahreszeit, verwahrlost wirkt, weil man die vom Sturm entwurzelten Baumstämme zwar zersägt, aber doch ungeordnet liegengelassen hat, und erst wenn es wärmer wird, wenn das frische Grün der Abhänge, die den See umsäumen, alles überwuchert, erscheint die glitzernde Wasserfläche …

›Beinahe wie ein Gemälde‹, dachte Ronnefelder.

Er saß auf einer Bank, sah auf das gegenüberliegende Ufer, dorthin, wo das Jagdschloss steht, und es war zu einer Tageszeit, in der kein Hundehalter mehr unterwegs war, ansonsten hätte Ronnefelder nicht die Gelegenheit gehabt, hier in Ruhe zu verweilen, und als plötzlich zwei Schwäne auftauchten und auf die Mitte des Sees zusteuerten, konnte er sich einem Anfall von Wehmut nicht entziehen.

Ronnefelder war bis zu seiner Emeritierung ein angesehener Politologe. Er lehrte an mehreren Universitäten, und was man an ihm bewunderte, war seine geistige Überlegenheit. Er wusste auf jede Frage eine Antwort, und es war schwer verständlich, dass dieser Mann, der jahrzehntelang in der Öffentlichkeit tätig gewesen war, der sich vor Verpflichtungen, vor Seminaren und Vorträgen nicht hatte retten können, dass ebendieser Ronnefelder keinen Versuch unternahm, an seine langjährige Arbeitsstätte zurückzukehren.

Nur einmal sah man, wie er im Gedränge, es war der Beginn eines Semesters, in der geöffneten Flügeltür stand, sich aber schließlich weigerte, den Hörsaal zu betreten.

›Was soll ich hier‹, dachte Ronnefelder, und am selben Tag noch saß er wieder auf der Bank, sah auf den mit Schilf umstandenen See hinaus.

Er war gekränkt, hatte sehr wohl bemerkt, dass der Dekan, als er, Ronnefelder, in der Flügeltür stand, keinerlei Notiz von ihm nahm.

›Vielleicht hat er mich in dem Gedränge nicht gesehen. Aber so ist das eben‹, dachte Ronnefelder. ›Wer lange Zeit geschätzt und schließlich doch verabschiedet wird, der muss wissen, dass er nicht mehr dazugehört.‹

Und nun überlegte er, was er in Zukunft unternehmen könnte, und entschloss sich, das zu tun, was er seit langem vorgehabt hatte, nämlich eine längere Reise zu unternehmen. Zunächst buchte er einen Flug nach Indien, denn der Buddhismus, diese Form äußersten Erwachens, die Lehre von der fundamentalen und befreienden Einsicht in die Grundtatsachen allen Lebens, aus der sich die Überwindung des leidhaften Daseins ergibt, diese religiöse Form der Praktischen Vernunft hatte ihn schon immer interessiert.

Und so war er, als er Neu-Delhi erreicht hatte, guter Dinge, hatte die Nacht über einen Reiseführer studiert, und nachdem er gefrühstückt und sich ein, zwei Stunden ausgeruht hatte, wartete er auf das Taxi, das ihn zu einigen Sehenswürdigkeiten bringen sollte. Er griff nach einer Tageszeitung, sah auf der Titelseite zwei Mädchen, die man in Katra an einem Baum aufgehängt hatte, und in wenigen Worten konnte man erfahren, dass wieder einmal junge Frauen vergewaltigt und hingerichtet worden waren, und zwar mit der Begründung, dass sie der Kaste der Unberührbaren angehört hätten.

Minuten später sah man, wie Ronnefelder am Tresen seines Hotels stand und einen Angestellten, indem er ihm die Zeitung hinhielt, um weitere Informationen bat. Dieser verstand nicht, was er meinte, schien aber amüsiert zu sein.

In Indien, versicherte er, wüssten die Frauen, dass Männer jede Gelegenheit ergreifen würden, um sich das zu holen, was ihnen zusteht. So hätte man gestern erst eine Touristin vergewaltigt, die sich auf dem Weg zu ihrem Hotel verirrt und um Hilfe gebeten hätte.

»Interessant«, sagte Ronnefelder, und am nächsten Morgen stand er mit seinem Koffer in der Hand wieder auf dem Indira Gandhi International Airport.

Er flog nach Berlin zurück. Nicht zu dem schilfumstandenen See mit den beiden Schwänen, diese Idylle hätte er nicht mehr ertragen können. Aber er beschloss, nochmals Kontakt zu der Fakultät, in der er tätig gewesen war, aufzunehmen. Er bat darum, ihm einen Gastvortrag zu erlauben. Er hätte in letzter Zeit einiges erfahren, das seiner Überzeugung widersprach. So hätte er in Indien nicht die Überwindung des leidhaften Daseins als religiöse Form der Vernunft, sondern nichts anderes als Mord und Totschlag erlebt. Aber Ronnefelder wusste natürlich, dass derartige Erlebnisse in einer Welt strengster Wissenschaft und Logik nicht besonders gefragt waren.

»Es gibt kein Problem, das man nicht aus der Welt schaffen kann. Man muss nur verstehen, worum es geht.«

Als Politologe hatte er dies als Glaubensbekenntnis gelten lassen, hatte auch ein Buch darüber geschrieben, aber jetzt wusste er nicht, wie er den Zustand des Alleinseins, in dem er sich befand, hätte überwinden können, und in seine Wohnung zurückgekehrt, tat er etwas, das er noch nie getan hatte: Er verwickelte seine Reinemachefrau, statt sie zu verabschieden, in ein belangloses Gespräch, und als sie schließlich die Tür hinter sich schloss, schien er enttäuscht zu sein.

Eine Weile stand er ratlos da, dann sah man, wie er sein Bücherbord abschritt. Hier und dort zog er etwas hervor, das er auf den Tisch legte, und nachdem ein Stapel beisammen war, griff er nach dem Buch, das er geschrieben hatte. Er begann, darin zu blättern.

›Es war ja kein Unsinn‹, dachte Ronnefelder. ›Aber trotzdem‹, dachte er, ›es gab da etwas, das ich nicht beachtet habe.‹

Er trat vor die Tür seines Schlafzimmers. Dort stand ein Ehebett, das in der Mitte geteilt war, genauer: Die Umrandung an der linken Seite war neu, und das Kopfteil war verschoben, es ragte ein Stück weit über die Mitte hinaus. Dies hatte Ronnefelder über Jahre ignoriert, aber jetzt plötzlich erinnerte er sich an eine Zeit, in der er die Nächte über nicht allein gewesen war.

Es war lange her, und die junge Frau, die in seinem Schlafzimmer übernachtete, hatte es nicht geschafft, ihn dazu zu bringen, das zu tun, was man beschlossen hatte, nämlich zu heiraten, und eines Tages, was blieb ihr anderes übrig, war sie, und ohne sich zu verabschieden, verschwunden.

Ronnefelder hatte alles unverändert gelassen, und es war die Reinemachefrau, die ihn immer wieder aufforderte, im Schlafzimmer Ordnung zu schaffen, das heißt, entweder auch das zweite Bett zu beziehen oder es in den Keller zu tragen, und irgendwann, es war an einem Wochenende, das wusste Ronnefelder noch, hatte er beschlossen, das Bett zu zersägen.

»Es gibt kein Problem, das man nicht aus der Welt schaffen kann. Man muss nur verstehen, worum es geht.«

Nach dieser Maxime hatte er versucht, alle weiteren Liebschaften nicht in der eigenen Wohnung, sondern in einem verschwiegenen Hotel zu erledigen, ja es war sogar vorgekommen, dass er Verabredungen, um die er selbst gebeten hatte, vergaß. Ronnefelder war kein Frauenheld, sondern in erster Linie ein angesehener Politologe, dessen geistige Überlegenheit man bewunderte, und jede Frau, mit der er sich einließ, konnte, wie er meinte, stolz darauf sein.

›Also, warum stehe ich hier und starre auf das zersägte Ehebett‹, dachte er und versuchte herauszufinden, wie er jene, die ihn vor Jahrzehnten verlassen hatte, nannte.

Er hatte ihr einen Kosenamen gegeben, und dass ihm dieser nicht mehr einfiel, schien ihn zu irritieren. Zum ersten Mal hatte er Mühe, sein Selbstwertgefühl, auf das er sich stets verlassen konnte, in Rechnung zu stellen, und Minuten später sah man, wie er einzelne Holzteile aus dem Keller in sein Schlafzimmer trug. Er schob sie hierhin und dorthin, offenbar versuchte er, das Bett, das er zersägt hatte, wieder zusammenzusetzen. Es gelang ihm nicht. Trotzdem lag er noch am selben Abend, so wie er es gewohnt war, in seinem Schlafzimmer, und er wunderte sich darüber, dass ihm jene, die er so lange nicht mehr gesehen und beinahe vergessen hatte, dass sie ihm, sowie er die Bretter in den Blick nahm, plötzlich gegenwärtig war.

›Sie war schlank, beinahe dürr. Aber das Haar war dermaßen üppig, es fiel ihr ein Stück weit über die Schultern und verdeckte zur Hälfte ihr Gesicht‹, dachte Ronnefelder.

Am nächsten Tag bat er die Reinemachefrau, an den Brettern nicht mehr zu rühren und die Pflege des Schlafzimmers in Zukunft ihm zu überlassen. Auch überlegte er, ob er es wagen sollte, nach jener

Frau, die ihm als Fata Morgana im Gedächtnis geblieben war, zu suchen, und er war froh, dass in einem alten Notizbuch, in dem er blätterte, weder eine Adresse noch eine Telefonnummer zu finden war.

Dies beruhigte ihn, denn so konnte er jene, die er, daran bestand kein Zweifel, unglücklich gemacht hatte, bei sich behalten. Das heißt, er konnte sich beim Betrachten eines zerstörten Ehebettes einbilden, dass er nicht allein war.

›Es gibt kein Problem, das man nicht aus der Welt schaffen kann. Man muss nur verstehen, worum es geht‹, dachte er.

Auf dem See begann es zu regnen, so dass die Schwäne versuchten, im Schilf unterzutauchen, die Dahlemer Universität war überfüllt, hier hielt der Dekan eine kurze Rede, die Reinemachefrau suchte ihren Regenschirm, und in Katra war die Polizei damit beschäftigt, die zwei Bäume, unter denen ein Verbrechen geschehen war, abzusägen.

In eigener Sache

Unvergessen bleibt mir das Weihnachtsfest 1944. Wir bewohnten damals einen Klinkerbau, in dem die Gendarmerie des Ortes Naßwerder untergebracht war. Vier klobig wirkende Säulen aus ebendiesem Klinker verengten den Eingang, links und rechts gab es eine rabattenähnliche Anlage.

Ein schmaler Weg aus Steinplatten führte auf die Dorfstraße, hinter der ein kleiner Teich lag, sommers voller Unken, die den Schlaf störten, jetzt, im strengen polnischen Winter, war er tief zugefroren und wirkte wie versiegelt. Dies und die erlenumstandenen Gräben, die zu dem Teich führten, darüber hinaus Felder, die von Haselnussbüschen umsäumt waren, aber auch die Kirche am Eingang des Dorfes, die aus irgendeinem Grunde ungenutzt blieb, dies war die Landschaft meiner frühen Kindheit.

Der Friedhof und die nasse, verwinkelte Mauer, die ihn umgab, die morschen Bretter der Stiege, die zu der Glocke führte, das freundliche, zurückhaltende Lächeln des Küsters, der mir die Vorrichtung zeigte, mit der man die Glocke in Gang setzen konnte, vor dem Portal der Kirche ein ovaler Platz, wie man ihn auch in Nauen oder Straußberg in der Nähe Berlins hätte finden können, Kastanien, die man gestutzt hatte, dahinter ein- oder zweistöckige Häuser mit kalter, schmuckloser Fassade, eine Allee, die zum Gutshof führte … Es waren Eindrücke, die meine Vorstellungswelt prägten, archetypische Bilder, die sich heute noch einstellen, wenn ich Čechov oder Tolstoi oder Charles Dickens lese, dessen *Silvesterglocken* ich mir immer nur in dem engen, verstaubten und von Tauben bewohnten Glockenturm der Kirche von Naßwerder vorstellen kann.

Mitunter gab es Ausflüge in eine nahegelegene Stadt, Grenzhausen, zu der man ein Pferdefuhrwerk benutzte. Die Strecke Wegs, zwanzig Kilometer, schien unendlich lang zu sein, und die Wälder, die man passieren musste, wirkten unheimlich.

Von den Polen, die hier beheimatet waren, aber unter der Aufsicht jener Gendarmerie, die mein Vater leitete, leben mussten, wusste ich kaum etwas. Sicher gab es Kinder meines Alters, mit denen ich sprach und spielte, aber in Erinnerung blieben mir nur jener bucklige, schnauzbärtige Kutscher, der die Pferde leitete, und das Dienstmädchen Sascha, das Mühe hatte, mit meiner Unfolgsamkeit fertigzuwerden.

Es gab Erlebnisse, die mich irritierten. In der Woche vor Weihnachten kamen Bäuerinnen und wollten Pakete nach Warschau schicken, weigerten sich aber, diese, wie es Vorschrift war, vor den Gendarmen zu öffnen. Es war ihnen verboten, Lebensmittel zu verschicken, und nun beteuerten sie ihre Unschuld, aber auch die Bitten meiner Mutter, die sie zu Hilfe geholt hatten, blieben wirkungslos. Die Pakete wurden geöffnet, und natürlich enthielten sie alles, was unerlaubt, aber für die Verwandten in der Stadt von Wichtigkeit war: Eier, Schmalz, Geflügel.

Es waren Ungerechtigkeiten gegenüber jenen, denen man ein Helotendasein aufzwingen wollte, eine Absicht, die sich meinem Verständnis entzog, und dies gehört überhaupt zu den angenehmen, beruhigenden Aspekten meines Erinnerns: dass die wahnhaften Ambitionen von Erwachsenen einem siebenjährigen Kind ganz und gar unerreichbar sind.

Meine Eltern waren zwar getauft, besuchten aber nie einen Gottesdienst. Meine Mutter betete gelegentlich das Vaterunser, nicht aus Demut, sondern um in Zeiten der Not auf Gottes Hilfe rechnen zu können. Mir wurde dieses bequeme Christentum in einem einzigen Spruch beigebracht:

Lieber Gott, mach mich fromm,
Dass ich in den Himmel komm.

Aber Weihnachten wurde gefeiert, mit allen Anzeichen einer säkularisierten Frömmigkeit. Ich hörte von der Augustuslegende, die Heiligen Drei Könige aus dem Morgenland wurden ausgiebig erwähnt, über unserem Sofa hing ein Ölbild, auf dem Wölfe einen Schlitten verfolgten. Das Pferd galoppierte, der Kutscher schlug verzweifelt mit einer Peitsche auf die Bestien ein, und ich wurde den Eindruck nicht los, auch Knecht Ruprecht müsste sich solcher Gefahren erwehren.

Der Weihnachtskalender zog mich unwiderstehlich an, der seit Jahren um die gleiche Zeit am Fenster hing und dessen geheimnisvolles Tor zu Bethlehem endlich, nach wochenlangem Warten, geöffnet werden durfte und der das Jesuskind in einer Krippe zeigte und wie es, obwohl alles ringsherum, die Szenerie der Tiere und Hirten, eingeschneit war, in Sicherheit dalag.

Vormittags wurde der Baum, den man irgendwo geschlagen und heimgeholt hatte, zurechtgestutzt, in einen eisernen Fuß gezwängt, und nun schon wurde die Vorfreude auf alles, was folgen sollte, unbezähmbar. Ich musste die Stube verlassen, mein um sieben Jahre älterer Bruder ging mit mir ins Freie, um mich abzulenken, und bis zum Mittagessen war ich damit beschäftigt, den Größeren zuzusehen, wie sie auf dem Teich Schlittschuh liefen.

Ob am Heiligen Abend Schnee fiel, wüsste ich nicht zu sagen, obwohl diese Frage, wie man ja weiß, von Wichtigkeit ist. Aber am Himmel gab es eine merkwürdige Erscheinung: Ein flugzeugähnliches Gebilde zog knatternd und Feuer speiend über uns hinweg, eine Sensation, die besonders meinen Bruder erregte, während ich in die Büsche floh. Es war ein neuartiges Geschoss, V2 genannt, ein Mirakel des Krieges, das, kaum dass es aufgetaucht war, wieder verschwand, aber seine Bedrohlichkeit blieb. Es gab ein Geräusch, als wäre das Eis gesprungen, und für Augenblicke misstraute man der Stille und Kahlheit der winterlichen Landschaft, und der Frost, der meine Hände und Füße ergriffen hatte, wurde unerträglich.

Die anderen, die Größeren, wollten von meiner Not nichts hören, sie bewegten sich ja auf dem Eis, und mein Gebrüll wurde mit Lachen quittiert. Der plötzliche Hunger, der Durst, die unentrinnbare Kälte, das Gefühl von Verlassenheit, dies alles verdichtete sich zu absoluter Verzweiflung, die nur die

Mutter beenden konnte, indem sie, nachdem wir wieder heimgekommen waren, meine Finger mit Schnee abrieb.

Der Rest der Zeit bis zur Dämmerung schien unendlich zu sein. Nach dem Essen wurde ich zu Bett geschickt, aber an Schlaf war nicht zu denken, unaufhörlich war ich mit jenem Geheimnis beschäftigt, das sich in der Stube hinter der Tür mit der Milchglasscheibe vollzog. Ich sah Schatten hin und her huschen, darunter befand sich auch der meines Bruders, und nun der Wille, auch dieses Geheimnis zu ergründen: Was hatte mein Bruder vor der Bescherung in dem Weihnachtszimmer zu tun? Über so viel Nachdenken schlief ich ein.

Kurz vor der Dämmerung ging mein Vater mit mir durch den Pferdestall und erkundigte sich bei dem Kutscher, ob der Wallach sich von seiner Verletzung erholt hätte und ob es möglich wäre, ihn übermorgen mit dem Fuchs, der ihm die Verletzung beigebracht hatte, wieder zusammenzuspannen. Dann wurde noch über einen verwilderten Hund gesprochen, der die Hühnerställe unsicher machte, der Kutscher aber behauptete, es sei ein Marder.

Mein Vater trug ständig eine Uniform, und die Autorität, die er anderen gegenüber dadurch geltend machte, erzeugte bei mir den Eindruck des

Zwiespältigen. Er war unverkennbar gutmütig und meist frohgelaunt, aber die Kälte des Offiziellen, die ihm durch die Uniform anhaftete, gab mir ein Gefühl von Distanz. Ich war stolz auf meinen Vater, auf seine scheinbare Allmacht, die Mutter aber konnte ich, auch wenn sie ungerecht war, rascher und unbefangener umarmen.

Als es dunkel wurde, als die Schatten hinter der Milchglasscheibe zur Ruhe kamen, als mein Vater plötzlich verschwand, war es endlich so weit. Die Kerzen wurden angezündet, meine Mutter nahm mich bei der Hand und führte mich in die äußerste Ecke der Stube, wo der geschmückte Baum stand: Das Himmelstor war aufgetan! Und nun der Eindruck einer glanzdurchschienenen, märchenhaft-freundlichen Transzendenz, wie nur das kindliche Gemüt sie erfahren kann.

Vom Himmel hoch, da komm ich her.

Dies ist ja für Kinder ein Heilsversprechen ohne Bedürftigkeit, mit dem Anschein des Paradiesischen, und wenn meine Mutter jene verheißungsvollen Lieder sang, Botschaften für eine erlösungsbedürftige Welt, so konnte ich mich doppelt geborgen fühlen, da ich jene Lebensumstände, die einen Jesus Christus nötig machten, noch gar nicht kannte.

Der Weihnachtsbaum, glitzernd und überladen, besonders das Engelshaar gab den Lichtern einen diffusen Glanz, und nun enthüllte sich auch das Geheimnis, das den Nachmittag über hinter verschlossener Tür vorbereitet worden war. Es war eine Burg aus Sperrholz, die mein Bruder für mich gebastelt hatte, mit allen Zutaten, die nötig waren, diesem romantischen Gebilde Leben einzuhauchen. Da standen Ritter, Pferde, Knechte, die einem Burgfräulein mit einer Sänfte behilflich waren, es gab Zugbrücken, einen Graben, der die Festung umzog, Türme mit Zinnen, darauf Standarten, alles war bunt und liebevoll bemalt.

Ich erinnere mich, dass ich vor Freude minutenlang auf dem Boden herumtobte, bis mich mein Vater zur Ordnung rief, so vollkommen war die Überraschung gelungen.

Als man die Kerzen wieder gelöscht hatte, um zu sparen, sie waren teuer und schwer zu beschaffen, wurden Märchen vorgelesen, und besonders beeindruckte mich *Der standhafte Zinnsoldat* von Hans Christian Andersen. Ich bewunderte diese verstoßene, invalide Figur, die Würde, mit der er allen Gefahren begegnete, und wie er im Feuer, obwohl er schon dahinschmolz, mit dem Gewehr im Arm immer nur aufrecht dastand. Dies schien mir nachahmenswert. Aber es war natürlich die Burg und immer wieder die Burg, die meine Phantasie an diesem Abend beflügelte, so dass ich nachts mehrmals heimlich in das Zimmer zurückschlich, um zu prüfen, wie zuverlässig alles noch an seinem Platz stand.

Am nächsten Tag gab es ein gemeinsames Mittagessen mit unseren Nachbarn, dem Ehepaar Streich, Streich war, soweit ich mich erinnere, der Ortsgruppenleiter von Naßwerder und näherer Umgebung, und seine etwas dickliche Frau teilte mit meiner Mutter das gleiche Leiden: Sie konnte keine Mayonnaise vertragen. Und so wurde sie auch diesmal mit einer Gallenkolik bestraft, die sich aber erst am Nachmittag vollzog, worauf meine Mutter, wie ich hörte, der armen Frau Streich einige Tropfen schickte und Wünsche zur Genesung übermitteln ließ.

Den Nachmittag verbrachten wir Kinder auf dem Gutshof der Familie Erasmussen. Wenn man die Wiese hinter der Gendarmerie, einen Feldweg, vor dem riesige Pappeln aufragten, überquerte, erreichte man einen weiß angestrichenen Zaun, dahinter lagen ein weitläufiger Obstgarten, das Herrenhaus, ein Kornspeicher mit einer Mühle, in der Grütze gemahlen wurde, riesige Ställe umstanden ein Geviert, das mit Kopfsteinpflaster versehen war, in der Mitte ein Taubenschlag, und wenn man einige hundert Schritt über dieses Gut hinausging, erreichte man einen See, der so flach wirkte, dass man sich wunderte, warum die Fischer mit ihren schweren Kähnen nicht auf Grund gerieten. Der baltische Baron, der hier angesiedelt worden war, hatte zwei Söhne, die Spielzeug in Überfülle besaßen und denen es, wenn auch mit leichter Herablassung, erlaubt war, mit mir und meinem Bruder zu spielen. Aber immer nur in der Bannmeile des Herrenhauses. Es war unübersehbar, die Erasmussen sahen auf die Kinder des Dorfgendarmen herab, und der Baron, ein schmaler, feingliedriger Mann, hatte eine Art der Zurückhaltung, die mich einschüchterte.

Aber in dem See badeten wir Sommer für Sommer, und hinter diesem Gewässer endete die Welt meiner geordneten Vorstellung. Was hinter dem Röhricht des anderen Ufers verborgen sein mochte, verlor sich im Ungefähren, und so war es ein Abenteuer, als mein Vater am zweiten Weihnachtstag den Fuchs und den Wallach vor die Kutsche spannen ließ, um mit der Familie über diesen See hinaus nach Apfeldorn zu fahren.

Mein Vater kutschierte selbst, und man war gespannt, ob der Fuchs bei seinem Temperament, das als tückisch galt, sich dem sanften Wallach fügen würde. Das unbequeme Pferd, das der Gendarmerie gehörte, war schon mehrmals mit der Kutsche durchgegangen, und nur der polnische Kutscher verstand es, dieses Gespann, aufrecht stehend, mit hoch angehobenen Zügeln, wie ein Dompteur, einigermaßen sicher zu leiten.

An die Fahrt erinnere ich mich genau, vielleicht, weil meine Mutter ununterbrochen in Sorge war, mit der Kutsche, falls die Pferde scheuten, quer über die Felder jagen zu müssen, aber zu welchem Gehöft die Fahrt ging, welche Bekanntschaft so freundlich war, uns in Apfeldorn zu empfangen, ich wüsste es nicht zu sagen. Es müssen jedenfalls weniger vornehme Leute als Baron Erasmussen gewesen sein, mit einer Vorliebe für derbe Scherze. Sie hatten meinem Vater nach dem Essen statt Kornbranntwein hochprozentigen Spiritus in das Glas getan, so dass wir für Augenblicke befürchteten, er würde an dem brennenden, würgenden Schmerz ersticken.

Die Welt eines Kindes ist beneidenswert eng. Wer durch Apfeldorn fuhr, musste einen Bahndamm passieren, der zu hoch angebracht war, so dass die Kutsche, als sie darüber hinwegging, kleine Sprünge machte. Ich sah die Gleise und wie sie in akkuratem Abstand zueinander schnurgerade, so weit das Auge reichte, in die Ferne liefen. Aber wohin! Mein Bruder versuchte, mir zu erklären, dass diese Schienen bis an die Oder, nach Küstrin, ja darüber hinaus bis nach Berlin reichen würden.

Aber schon jede Entfernung, die ich nicht mehr in Augenschein nehmen konnte, war für mich eine Bedrohung.

Als ein Personenzug an uns vorbeiratterte und sich in jener Ferne, die mein Bruder mir zu erklären versucht hatte, verlor, musste man mich beruhigen. Es schien mir in höchstem Maße gefährlich zu sein, hinter die Grenze des Horizonts zu gelangen, und ich kam von der Vorstellung nicht los, der Zug müsste, sowie er meinen Augen entschwunden war, irgendwo, wie an einem Hindernis, zerschellen. Dies ließ ich mir nicht ausreden, und ich wollte augenblicklich nach Naßwerder zurück.

Apfeldorn war also die Bahnstation, die man benutzen musste, um die Gegend, in der ich mich geborgen fühlte (man nannte sie damals den Warthegau), zu verlassen, und dieser und jener Bekannte machte plötzlich Gebrauch davon, denn bald nach der Jahreswende gab es Anzeichen einer gewissen unumkehrbaren Unruhe, die selbst einem Siebenjährigen nicht verborgen bleiben konnte.

Hinter dem Horizont begann es zu grummeln wie bei einem Gewitter, das irgendwo in unsichtbarer Ferne niederging, und als man eine Greisin anschleppte, die etwas Beleidigendes gegen die Deutschen gesagt haben sollte, wurde ich Zeuge, wie unentschlossen mein Vater war und wie der

Gendarm, der einen langen Knüppel in der Hand hielt, hilflos damit herumruderte, um sich die Alte vom Leibe zu halten, die voller Gift gegen ihn, den Deutschen, aber auch gegen das Leben, das sie so sehr hinter sich hatte, anzeterte. Sie schien für jede Autorität, auch für die meines Vaters, unerreichbar zu sein. Man führte sie ins Gefängnis, aber auf eine Weise, dass man nicht wusste, wer hier wen in den unsicheren Gewahrsam nahm.

Dann, irgendwann spät am Abend, als der Kanonendonner unüberhörbar geworden war, hatten wir Besuch. Es waren zwei schwarz uniformierte Männer, die mir kleine Pakete überreichten, ein verspätetes Weihnachtsgeschenk. Aber ich hatte an dem hölzernen Pferd mit dem Wagen, dessen Deichsel sich drehen ließ und das ich sofort unter die Komparserie der Burg einreihte, keine rechte Freude mehr. Einer der Männer schaukelte mich auf den Knien, und ich sah, dass seine Mütze, die vor mir auf dem Tisch lag, mit einem silberfarbenen Totenkopf versehen war. Darüber erschrak ich. Aber die beiden waren freundlich, und ihre Nähe beruhigte mich derart, dass ich den Schrecken wieder vergaß.

Am nächsten Tag wurden Koffer gepackt. Das Dienstmädchen Sascha half, aber der Kutscher blieb plötzlich unauffindbar. Ich hörte, wie meine

Eltern sich stritten, wie empört meine Mutter darüber war, dass mein Vater sich weigerte, Naßwerder zu verlassen, und wie er immer wieder darauf verwies, dass man ihm dies noch nicht befohlen hätte.

Am Zaun der Gendarmerie standen einige Polen und beobachteten ungeniert alle Vorbereitungen zur Flucht, und natürlich musste ein großer Teil unserer Habseligkeiten, darunter auch die Burg, zurückbleiben. Und nun schien wirklich Eile geboten. Ich erinnere mich, dass der Leiterwagen schon gepackt war und dass meine Mutter befürchtete, meinem Vater, der unablässig mit seinem Motorrad auf dem Hof hin und her fuhr, könnte etwas geschehen, wenn er sich dem Treck, der Naßwerder längst verlassen hatte, nicht anschloss.

An die Schrecken der Flucht erinnere ich mich nur vage. Das Hereinbrechen der Kälte und wie man die Brote, die zu Stein gefroren, nachdem auch die Pferde sich verweigert hatten, in den Straßengraben warf. Die Überreiztheit meines Vaters, der immer wieder behauptete, eine Ortschaft vor sich zu sehen, die man längst hinter sich gelassen hatte, und wie die Mutter versuchte, ihm diese Einbildung auszureden. Der tägliche Kampf um ein Nachtlager und wie schmerzhaft es war, wenn man mir die erfrorenen Zehen mit Spiritus abrieb, das

Munitionsdepot, das keine zweihundert Schritt neben den Flüchtlingen in die Luft gejagt wurde, und wie sich die Wagen ineinander verkeilten, weil die Pferde nicht mehr zu halten waren. Dann, inmitten einer Schneise, die von Tannen umstanden war, das plötzliche Auftauchen zweier Jagdflieger, die aber abdrehten. Zuletzt die Gefangennahme.

Wir hatten auf einem Bauernhof kampiert, wurden nachts geweckt, weil die russische Armee, so hieß es, mit Panzern durchgebrochen war, und nun begann eine wilde Fahrt. Man hörte, als wir einen Wald durchquerten, unaufhörliches Maschinengewehrfeuer, und meine Mutter versuchte, indem sie die Decke über meinen Kopf zog, mich vor der allgemeinen Panik, die entstanden war, abzuschirmen. Die Anonymität des Lärms, die die Gewissheit, bedroht zu sein, unerträglich machte, die allzu enge Nähe des Waldes, der, obwohl man die Pferde galoppieren ließ, nicht enden wollte, ein Feuerschein hoch über uns, dies alles ließ sie befürchten, dass uns etwas Endgültiges geschehen könnte.

Als wir freies Feld erreichten, sahen wir brennende Gehöfte, und ein Reiter, der mir unverständlicherweise als Japaner in Erinnerung geblieben ist, verwehrte uns die Weiterfahrt. Irgendwann schlief ich ein und erwachte erst, als meine Mutter herzzerreißend um Gnade bat, weil russische Soldaten meinen Vater an ein Scheunentor gestellt hatten. Er wurde wenig später verhört und erschossen, meinem Bruder gelang die Flucht über die Oder, und so kehrten nur meine Mutter und ich in jene Landschaft zurück, in der der Eroberungswille der Deutschen schon nachhaltig gelöscht worden war. Grenzhausen hieß, wenn ich mich nicht irre, wieder Konin, aber wie sollte man einem Kind beibringen, den Namen Naßwerder, in dem es eben noch Weihnachten gefeiert hatte, nicht mehr über die Lippen zu bringen?

Die Umstände, in die ich mich verwickelt sah, so absurd und unvereinbar sie sich dem kindlichen Gemüt auch darboten, sie konnten mich lediglich irritieren, und dies ist eine sonderbare Erfahrung: dass ich mich auch der schrecklichsten Einzelheiten gern erinnere. Die Freude über die lang ersehnte Burg, das Staunen vor dem Weihnachtsbaum, die Angst beim Anblick der brennenden Gehöfte.

Nur einmal konnte mich meine Naivität vor der Erfahrung des Entsetzens nicht bewahren. Als man uns schon interniert hatte und meine Mutter aus irgendeinem Grund das Lager verlassen musste und mich mit der Versicherung, sie würde vor Einbruch der Dunkelheit wieder zurück sein, einigen Bekannten überließ und als nun die Dunkelheit längst hereingebrochen war und ich am Zaun stand und niemand das Ausbleiben meiner Mutter erklären konnte, da hatte ich das Gefühl, ins Bodenlose zu fallen. Es war keine Angst, es war etwas anderes. Es war eine Ahnung davon, wie voraussetzungslos unser Leben wird, wenn wir keine schützende Hand über uns geltend machen können.

Fröstelnd, den Stacheldraht, dahinter die trostlosen, flachen, mit Wintergetreide bestellten Felder, die holprige Straße mit den uralten, zurückgestutzten Weiden vor Augen, saß ich auf einem Stapel Holz und wartete. Das Weihnachtsfest war schon fast eine Legende. Als es Morgen wurde, als meine Mutter endlich zurückkam, als die Nebelwand, die den Himmel verhüllt hatte, aufriss, sahen wir hoch über unseren Köpfen Flugzeuge, immer nur Flugzeuge, die in einer Formation, als wären sie Wildgänse, nach Westen flogen.

Die Lage war verworren. Zwischen den verschiedenen Gruppen des Widerstands, Kommunisten und Nichtkommunisten, russischer und polnischer Armee, herrschte eine Art Bürgerkrieg. Wir durften das Lager verlassen und wohnten bei einem Parteifunktionär, wo meine Mutter als Dienstmädchen arbeiten musste. Eines Tages waren wir unterwegs, um in einem benachbarten Gutshof eine Flasche Öl zu holen. Wir kamen an einem Heuschober vorbei, überholten einen russischen Major, der sich an Krücken fortbewegte, und plötzlich gab es Schüsse aus Richtung des Heuschobers. Wir warfen uns auf die Erde. Polnische Soldaten tauchten in einem Pferdewagen auf. Sie flüchteten und ließen den Major in unserer Nähe tot liegen. Danach wurde meine Mutter tagsüber von den Russen, nachts von den Partisanen verhört, die den Major getötet hatten, und als die Partisanen drohten, meine Mutter und mich zu erschießen, wurden wir nach Deutschland abgeschoben. So kamen wir nach Berlin in den sowjetischen Sektor.

Zunächst wohnten wir in einer Laubenkolonie, dann wurde uns eine Wohnung zugewiesen, bestehend aus Zimmer, Küche und Außentoilette. Ich ging in die Volksschule, und meine Mutter wollte nicht, dass ich die Oberschule besuchte. Sie hätte es lieber gesehen, dass ich sofort einen Beruf erlernte, aber die Behörden erklärten, dass Arbeiterkinder jetzt studieren dürften, und rieten ihr, mich weiter zur Schule gehen zu lassen. Sie willigte ein, und das umso lieber, weil sie dadurch einem Freund imponieren konnte, dessen Sohn nur Schlosser geworden war.

Meine Mutter war cholerisch und unberechenbar, mein Vater gutmütig und ausgeglichen, er hat mich nie verprügelt, aber meine Mutter schlug mich oft. Bei ihr gab es nur eins: Liebe oder Gewalttätigkeit. Sie konnte furchtbar sein, und dann musste man sich in Sicherheit bringen. Ich habe bis heute nicht vergessen, wie sie mit einer eisernen Schöpfkelle auf mich eingeschlagen hat, weil ich zwanzig Mark verloren hatte, oder wie sie mich mit einer Waschschüssel am Ellbogen verletzte, so dass wir gezwungen waren, zum Arzt zu gehen. Und wie oft habe ich nach solchen Attacken Rache geschworen. Es konnte auch vorkommen, dass sie mich nicht in die Wohnung ließ, dann blieb mir nichts anderes übrig, als stundenlang durch die Straßen zu gehen. Wenn es kalt war und ich an der Haustür klingelte, übergoss sie mich mit einem Eimer Wasser.

Unvergessen bleibt mir auch, wie sie meinem Bruder, er war sechzehn oder siebzehn Jahre alt, verbieten wollte, sich mit seiner Freundin zu treffen. Er fing an zu betteln, sie griff schließlich zum Feuerhaken. Zuletzt stand er mit blutigem Rücken an der Gartentür, und ich bewunderte ihn, wie ruhig und traurig er aussah und dass er sich ohne Gegenwehr hatte schlagen lassen. Was mir am meisten Angst machte und was die schlimmste Erinnerung an meine Mutter bleibt, war, wenn sie mir nach Streitereien drohte, mich mit in den Keller zu nehmen. Ich hatte das Gefühl, dass sie, wenn sie derart in Zorn geriet, jede Kontrolle über sich verlor und zum Äußersten fähig sein würde. Wenn wir abends Streit miteinander hatten und ich ins Bett gehen sollte, sie wollte noch ein wenig rauchen und lesen, wehrte ich mich dagegen einzuschlafen, weil ich Angst hatte, sie könnte mir etwas antun. Irgendwann, wenn ich trotzdem eingeschlafen war, schreckte ich wieder hoch und stieß den Nachttisch um.

All das hat mich stigmatisiert, aber auch früh dazu gebracht, mir ein Urteil über sie zu bilden. Ich versuchte, die Gründe zu verstehen, warum sie mich so behandelte. Denn sie war ja auch liebevoll. Ich glaube, dass dieser doppelte Aspekt von Gewalt und Liebe tief in ihrem Charakter verwurzelt war. Sie war eine einfache Frau, die immer so handelte, wie ihr zumute war.

Man muss sagen, dass das Leben um uns herum auch nach Kriegsende dramatisch blieb. In Berlin hatten wir meinen Bruder wiedergefunden, dem es gelungen war, vor den Russen zu fliehen. Eines Abends, er war inzwischen achtzehn Jahre alt, ging er zu einer Tanzveranstaltung und blieb die ganze Nacht fort, was er noch nie getan hatte. Am Morgen sagte meine Mutter, dass sie einen seltsamen Traum gehabt hätte – von Todeskränzen und Gräbern. Sie ging zur Arbeit und traf unterwegs zwei Polizisten, die von einem jungen Mann erzählten, den man im Wald tot aufgefunden hätte, und sie erwähnten den Namen meines Bruders. Meine Mutter brach zusammen. Als ich aus der Schule kam, war sie bei Nachbarn, die sie aufgenommen hatten. Sie fiel dauernd in Ohnmacht, und ich hatte Angst, dass sie sterben könnte. Dann sagte man mir, dass mein Bruder ermordet worden sei. Dies war für mich unbegreiflich.

Aber meine Mutter hatte noch andere Gründe, unglücklich zu sein. Sie hatte sich in einen Mann verliebt, von dem ich wusste, dass er sie betrog, aber sie wollte es nicht glauben. Als sie es schließlich einsah, begann sie, Schlafmittel zu nehmen. Sie litt unter Verfolgungswahn, unternahm mehrere Selbstmordversuche, von denen einer, wenn ich nicht rechtzeitig gekommen wäre, tödlich geendet hätte. Zu jener Zeit studierte ich an der Filmhochschule Babelsberg, wo ich auch wohnte, und an einem Samstagabend, als ich nach Hause kam, fand ich sie bewusstlos auf ihrem Bett. Ich habe sofort die Feuerwehr gerufen, die sie ins Krankenhaus brachte. Danach bekam sie eine Nervenkrankheit, konnte nicht mehr arbeiten, und da sie nur eine kleine Rente hatte, habe ich sie, so gut es ging, unterstützt. Die Gewalttätigkeiten hörten auf, und nun war sie für mich, der ich inzwischen erwachsen war, nur noch eine liebevolle Mutter. Sie schrieb mir Briefe an die Filmhochschule, und es rührt mich heute noch, diese sehr einfachen und gemütvollen Briefe zu lesen.

Was ich an der Filmhochschule studierte, entzog sich ihrer Vorstellung. Meine Mutter war zweifellos stolz auf das, was ich machte, aber ohne es zu verstehen, so wie jede Arbeiterfrau stolz auf das Studium ihrer Kinder ist. Mit achtzehn hatte ich meinen ersten Roman geschrieben, der nie veröffentlicht wurde und der verlorengegangen ist. Sie wusste, dass ich daran arbeitete, aber das interessierte sie nicht besonders. Sie hat ihn nie gelesen. Sie kannte jedoch mein Talent, Geschichten zu erzählen, wusste, dass man mich als Neunjährigen, wenn ein Lehrer krank war, vor die Klasse gesetzt hatte, um für Ruhe zu sorgen. Ich erzählte Gespenstergeschichten. Sie wusste auch, dass ich später Gedichte zu schreiben begann, danach ein Theaterstück, aber meine Anerkennung als Schriftsteller hat sie nicht mehr erlebt.

Sie starb 1960 an Leberkrebs. Sie war fünfundfünfzig Jahre alt, und dies sind meine traurigsten und zugleich schönsten Erinnerungen an sie: Es war sehr kalt draußen, und sie sah, dass ich keine Mütze trug. Sie flehte mich an, das nächste Mal, wenn ich sie besuchen würde, etwas auf den Kopf zu setzen. Sie flehte mich tatsächlich an, und da wusste ich, wie sehr sie mich liebte. Bei meinem letzten Besuch war ich erschüttert, als ich feststellte, dass sie schon in einer Phantasiewelt lebte. Das war kurz vor ihrem Tod. Sie war unter Morphium, und als ich vor ihr stand, redete sie mich mit dem Namen meines Bruders an. Sie sagte, bevor ich gekommen sei, sei mein Vater da gewesen, um sie zu besuchen. Als ich sie in ihrem Sarg wiedersah, war es ein Schock für mich. Sie war ausgetrocknet, ihre Haut war verrunzelt. Als wir die Kapelle verließen und die Straße überquerten, um auf den Friedhof zu kommen, da hat mich die Geste des Friedhofswächters, er zog die Mütze vor dem Sarg, beeindruckt und bewegt, es war ein Gruß an die Tote. Es waren schreckliche Prüfungen, die sie letztendlich nicht bewältigen konnte: mein Vater erschossen, mein Bruder ermordet und zuletzt eine unglückliche Liebe.